# 소년의 휘파람

소년의 휘파람

초판인쇄 | 2021년 7월 10일
초판발행 | 2021년 7월 20일

지 은 이 | 박미정
편집주간 | 배재경
펴 낸 이 | 배재도
펴 낸 곳 | 도서출판 작가마을
등 록 | 2002년 8월 29일제 2002-000012호
주 소 | 부산광역시 중구 대청로 141번길 15-1 대륙빌딩 301호
T. 051248-4145, 2598 F. 051248-0723 E. seepoet@hanmail.net

ISBN 979-11-5606-170-0 03810 정가 10,000원



※ 본 도서는 2021년 부산광역시, 부산문화재단 지역문화예술특성화지원 '부산문화예술지원사업'
으로 지원을 받았습니다.

작가마을 시인선 46

# 소년의 휘파람

박미정 시집

도서출판 작가마을

## ■■■ 시인의 말

시는
걸음이 빠르다
아무리 쫓아 걸어도
아득히 멀어져 걷는다.
사라질까 두려워하는 나를
눈치 채고
지새는 밤을 선물이듯
안겨주는 깜찍함
우리의 사랑은 그렇게 티격태격
끝내
사랑 할 수밖에 없다고
고백한다.

2021년 여름
박미정

# 박미정 시집

작가마을 시인선 46

## 차례

# 제2부

차례

## 제3부

# 제4부

박미정 시집

작가마을 시인선 45

차례

## 제5부

# 제1부

# 이런 날

아파트 지붕 너머 산
봉우리가 생생하게 솟아 있다

산 쪽으로 갔다 왔다 지절지절
지저귀며 노는 새
새벽 끝에 들어오는 햇살을 당기고

베란다 씻기가 부드러운 바람의 쟁기질
꽃대가 길어 더 해맑은
분홍제라늄의 고개를 끄덕인다

물뿌리개 주둥이를 적당히 수그려서
나를 디딤돌 삼아 사는
생명들의 재롱을 들어주고
엄살을 조련하여 시름을 놓는

이런 날
종일 총명하여
세월의 덤이듯이 여러 책을 꺼내어
청아한 세상의 목소리에 귀 담는다

## 백일홍 나무

연붉은 꽃 점점이
가을의 연민 속으로 들어간다

낮볕 허방한 곳이 없는 들판에는
부지런한 농부의 손
풍성한 벼 이삭의 머릿결을 쓰다듬으니
무르익는 경이로운 꽃 축제

이른 햅쌀밥 구수한 굴뚝 연기에
마을마다 깊어가는 저녁이 지나면
하늘은 가을철 별자리를 준비할 테지

오늘 밤
낡지 않은 초록 색깔 이불을 덮고
편안한 잠을 자고 싶다

# 희망

뿌리가 튼튼한 나뭇가지
틔우는 꽃망울 아름답다
언 땅 속에 다져진 결의 있어서
옹이로 파고드는
고통의 덫에 휘말리지 않고
슬픔의 반란을 침묵으로 갈아입어
참을성을 즐겼다
모질던 비바람은 저대로의 견딤이었으므로
버티다가 사라진 뒤껕
황폐함은 서러웠으나
나뭇가지의 계절은 융성하여
향기를 흔들었다
즐거운 수확이 기다렸다

## 나비의 꿈

오늘 몫 육천 보를 완수하려
공원을 몇 바퀴 걷는 중이다

마스크를 쓰고
이어폰을 끼고

노자와 장자의 이야기 중
잘 골라야 할 텐데

폰을 이리저리
만지작거리는 나를 눈치 채고

소신공양하는 작은 새
짹 짹 짹

절묘하게 맞힌
세 바퀴

장자의 산수화에서
자유로워진 새가 아닌가

〉

막대그래프까지 그려놓고
목표 백 퍼센트 달성했다는

나의 시나리오가 무색해진 새벽
육 천보의 집착에 벗어나

일찌감치 서둘러
아침으로 간다 나비의 꿈을 깨고

# 새 떼 속에 아침이 있다

반쯤 열어 둔 창밖 어디 메 쯤
새 떼 있는지
소리가 쩌렁쩌렁
어둠을 깨고

자글자글 끓다가 희끗해지는
여명의 무늬 위에
소리를 붓질하는 바람결
새벽을 띄우고 있다

귀 호강의 밸런스 맞추려면
읽다 만 시집을 펼쳐서
마음 호강도 같이 누리면
더할 나위 없을 테지

감성 자극의 비밀에 빠진
무채색을 도려내는 압력솥
새 떼의 노랫소리를 방불케 하는
팽팽한 추를 돌리고 있다

## 사랑초

폭염 속에

살아나오는 바람

사랑초의 가녀린 꽃대를 건드렸다

시원한 여름을 느끼는 간사함이

비굴하지 않다

바람이 숨 쉬고 있다

사랑초의 꽃을 지나며

## 생각 하나

손바닥만 한 베란다에
비좁지 않게 커 가는 꽃을 보며
이게 사는 맛이지

고깃국이 보글보글 끓을 때까지
안 넣은 고깃점
아차,
쓱쓱 쓸어 넣고
빨라지는 손에 우러나는 양념 맛에
으쓱거려 보고

두어 번 훑어낸 식탁의 반짝거림
설거지 맛
왜 그리 예쁜지
톡톡 두드려 주고

밀대로 빡빡 밀어도
실실 밀어도 반질거리는 바닥에
푸짐하게 퍼질러 앉아
한 줄 글이라도 읽고 나면

눈썹 아래 눈꺼풀이 무겁지 않으니

사는 게 별건가 싶다가도
까불면 안 돼

사는 맛은 겸손한 맛이지

## 봄날

나뭇가지마다 열리는
연둣빛 재롱
보면 볼수록
기다려지는 봄이야

작은 풀꽃도
서둘러 나서는
동동걸음
정말 바쁜 봄이야

방긋방긋
방실방실
빛깔대로 웃는 게
정말 예쁜 봄이야

둥근 입술에서
쏟아지는 모음들
아 · 에 · 이 · 오 · 우
천사의 목소리가 있는 봄이야

# 호젓이

긴 의자 하나를
베란다에다 안쪽에다 붙여 앉히고
나만의 카페를 마련했다
창 쪽에 줄줄이 선 화분은 전경이고
차양을 거둔 거실은 후경이다
폰의 음악 앱 눌러 놓고
커피 한 잔과 치즈 한 조각에
시간이 얼마나 쫄깃쫄깃한 지
관음죽 사이로 비치는 햇살
졸고 있는 줄도 몰랐다

# 동백꽃

물안개 하늘하늘 닿는 그곳엔
하얀 날갯짓 학이 나르고
동백나무 푸른 잎 사철 푸르러
송이송이 동백꽃 붉기도 붉어라

파르라니 뛰어오는 저 푸른 물결
바위에 부딪히며 부르는 노래
해안 산책로 따라 흐르니
너도나도 동백꽃 어찌 아니리

머나먼 용궁 길을 떠나온 아가씨
인어 아가씨 동백섬 사랑이 짝사랑인가
동백꽃 붉은 화관 목말라하며
가까이도 멀어라 동백섬 한 바퀴

* 제14회 우리 시 우리 노래

# 피아노

피아니스트의 투명한 구두 소리에
우레와 같은 박수가 터졌다
길게 여운이 깔리는 무대

순식간에 깔리는 적막의 긴장
피아노에 집중하며
베토벤을 기다리는 객석

검은빛 그 엄중함
하얀 그 화사함에 눌렸다

오선지의 줄기를 뽑아내며
느리게 좀 더 느리게
빨라도 여전히 아다지오를 즐기는
호수의 달빛에

검고 흰 그림자를 헌정하는 피아노
격정의 공명에 일어나는 파문이 깊다

## 비 개인 오후에 만나는 시

비 개인 오후에 펜을 잡았다
컴퓨터 화면을 끄고
백지 위에 눌러 쓰는 글은
송곳처럼 날카롭게 쓸 것 같았는데
나무의 혼, 하얗게 바라보는
순수한 저항에 시선을 이동한다
쏟아진 비, 말끔히 사라진 대지 위에는
신록이 화창하다, 그렇지
촉이 살아있을 때 살아야지
나무의 열매를 기억해내며, 새처럼
날개를 달고
희망의 가운데를 날고 있다

# 처음 가을

강가에 섰다
물결의 군락에 피는
천년의 빛깔, 하얀 반짝거림에
껍질을 벗기는 수정체
동공이 투명하다
일조량이 풍부해진
강 어느 곳에 서식하는 바람
마음 놓고 바라보고 있으니
강물의 숨소리
시간이 흘러가는 동안
갈대에 가을이 물들기 시작했다

# 봄비야

한번 왔다 갈 적마다
시린 바람 몇 가닥 다독이고 떠나면
봄은 언제 올 것인가

꽃샘추위 탓하는 옹색함
부드러운 외양과 어울리지 않아

눈을 녹이고 온 뜨거움
안으로 삭여내려 끓이지 말고
본때 한번 보여 줘, 찬바람 싹쓸이

# 입추

무더위 가신 날
나뭇가지 끝은 한 풀 죽고
그림자마저 처져 있어
눈꺼풀을 올려야 했다
하늘은 한 폭 올라가 있고
산새의 날개는 가닥가닥
날카로운 햇살에 베여
단풍을 입에 물고 있다

## 차茶

나의 시간이고 싶다
물 끓는 소리 익으면

불 속에서 순간을 보낸
찻잎 속의
이슬

짜르르
찻잔에 내려서

풀잎 색채 속
추억의 근간을
영롱한 구슬로 꿰고 있다

# 제2부

## 능소화

그리움이 깊으면
사랑이라 하였어라

주황빛 옷자락
아름다운 황혼이여

하늘에 물드는
사랑의 애상哀傷이어라

## 소년의 휘파람

새벽은
한없이 뒤척이다가
은은한 휘파람 소리에
부유하는 안개를 아기 염소 떼 삼고
건너편 산등을 오르고 있다

느긋하던 잠은 부리나케 이부자리를 개고
빠져나갔다

싱그러운 설렘에
잡은 연필
백지 위에다 휘파람을 불러놓는다

아, 휘파람은 세월을 간과하지 않으니……

하룻밤 머물고 떠날 할미의 감성에다
생명을 불러일으키며
세월의 그리움을 안겨 주는
열한 살 소년이 부는 휘파람이
추억의 불씨다

〉

휘 휘

끊어질 듯 이어지는 푸른빛에

옛 얘기는 무늬를 짓고

바깥엔 연방 안개가 날리어 아련한데

휘파람의 선율에 휘말려 글썽이는 눈물이다

# 천사

내 안에 사는 소녀
내 영혼이다

당신 안에 사는 소년
당신의 영혼이기를

다시 태어나면
소년 · 소녀로 만나자

꿈을 이루어 나가고
그리움은 늘 곁에 있어 좋은

아름다운 눈으로
종일 보아도 다시 확인하고픈

천사로
세상을 살자

## 고백

펜을 잡고
망연히
흘려보내는 시간

강물 아래로 가라앉았다

흐릿한 정물만 고정되어 멈춘 시간
소란스러운 생각만
부옇다

## 미명의 시간에

어둠이 이슥한데 창문을 열었다
잠시 선잠 같은 꿈속에서
그녀와 멀쩡하게 같이 있는 것에 놀라
화들짝 깊은 밤을 깨웠다
관계가 회복되려는 탄성이면
외면해야 했는데……

불을 켰다

의미는 무의미하게 지워졌으나
그래도 혹시 남았을 잔영을 툭툭 털었다
여명은 공상空相에 머뭇거리고
새벽을 기다리는
확장된 동공을 눈꺼풀로 덮어
만나고 싶지 않은 꿈의 환란을 지웠다

자기 증언이나 다름없는 고흐의 자화상을 폈다

나의 증언이 있는 자화상은 어떤 것일까

은밀하게 그려 둔 진실의 윤곽
명암의 붓질로
흔들리지 않는 나의 고백을
새벽 미명에 밝힐 것이다

# 시의 딸꾹질

가끔 생각한다
내가 떠날 때
나의 시를 어떻게 할 것인가

내 숨소리와 발자국 소리와
내 쉼표와 마침표를 쓰고 지우던 흔적들
내 흔들림의 잔가지까지
알고 있는
나의 시를 어떻게 할 것인가

생각은 나에게 물어 오고
나는 대책이 없어
머뭇거림을 하다 컴퓨터 창을 닫는다

습관처럼 하는 생각을
가끔이라는 수식으로 치장하는 그것까지
알고 있는 나의 시

내가 떠날 때
어떻게 할 것인가

〉

내 암호 없이 들여다볼 수 없는

독백 뭉치가 흩날리고 있다

오라, 아직 다가오지 못한 시의 딸꾹질

# 입추 탐색

무더위 가신 날

나뭇가지 끝은 한 풀 죽고

그림자마저 처졌다

눈꺼풀을 쓰윽 올려봤더니

하늘은 댕그라니 높아져 있고…

산은 바람의 물감을 챙겨 바르느라

바쁜 산자락을 두고 있고…

구릉마다 여울지려는 물빛에

시큰거리는 눈물샘

오호라

내 심장은 벌써 붉어

뜨거운 단풍이네

## 맥놀이 7

산마루로 갈수록
하얗게 쌓여가서
가벼울까 하였는데
절벽으로 떨어지는
어수선한 기억 찾기

이정표의 손가락 끝
풍랑 속의 부표처럼
보였다가 사라지고
나타나면 흔들흔들
나무속에 가라앉아

한시름만 쉬어 가게
씨줄날줄 얽어 매인
끈질긴 인연 줄
흰머리 되었다고
머리핀 못 꽂을까

# 맥놀이 8

용龍을 탔다
흙냄새
갯냄새
계절의 훈풍 냄새
전부가 고향 냄새다
용마龍馬의 출령을 기다리는 뱃고동
만선의 기억으로
살아 움직이는 근육 소리
내고 있다
이젠 날아야지
어머니의 바다가 나직이……

용머리를 눈 아래 두고 사는
연화도, 여기는 천상이다

## 맥놀이 9

낙엽의 애수가 짙은 숲으로
떠남을 전송 나온
하얀 발자국.

그 발자국에
떨어지는 가을 땅거미
몽환의 백야 속에 사라진다.

얼룩얼룩
무늬를 삼고 뛰어다니며
발톱을 깎는 고양이

하얀 털은 그대로 밝아지고
정맥을 숨긴 발바닥에 찍히는
첫눈, 나비 나비 되어 날아다닌다.

# 종소리

사철나무 가지에다
종鐘 세 개를 널찍이 달았다
바람이 맺힐 리 없는 베란다에
쟁그랑
수풀 숲 소리가 귀를 대고 있다

검지 끝마디의 지문으로 투두둑 쳤더니
땡그랑, 땡그랑
화답하는 기척
계곡의 물소리가 산을 뚫으니
세상을 만났다

처마를 대신 삼은 침엽수 아래
가시 박힌 가지에서 외줄을 타는
곡예의 풍경이 아니라
물과 불을 건너서
하늘 가까이 전하는 바람 소리를 품고 왔다

## 제라늄처럼

몇 달 전에 꺾꽂이를 했다
일주일에 두어 번 물을 주는 것과
자주 쳐다봐 주는 것뿐인데
꽃대를 올리고
보송보송 봉오리를 맺었다
노란 떡잎을 떼 주었더니
발목이 길어졌다
유리창 밖에는 아직 해가 짧다
문득
뿌리를 내리고 사는 일이
제라늄처럼 쉬웠으면 싶다

## 제라늄의 벽

세월의 시간들이 얹힌
오래된 골목길의 이야기꽃
꽃대를 올리고 있다

서로 나무창을 열면 맞닿을 듯한
옆집 건넛집에도 줄줄이 피어 흔한
그 꽃을
여행길에서 나는 품었다

꽃대가 꽃물을 올리면
그 길의 안부가 그립고
다소곳이 방추형으로
조롱조롱 꽃망울을 피우면
강렬한 햇살을 그리워하나 싶어 안쓰러운 꽃

꽃이 필적에
얼기설기 얽힌 그 골목의 안부가 그립고
꽃이 질 적엔 목을 빼고 기다려지는 꽃

떡잎 진 꽃잎을 떼어 보면
그리움의 옹이가 깊다

## 제라늄의 분홍미소 2

다닥다닥 붙은 집 창틀마다
지중해의 바람을 눈부시게 하던
제라늄을 잊지 못하다
꺾꽂이를 했다

창밖을 유난히 향하는 꽃대는
그리움이다 싶어
빤히 샛길 보이는 창가로
뿌리가 안착된 화분을 옮겼다

창틈으로 들어오는 햇살 하나에
꽃은 흔들리고
나는 출렁이고
추억은 날개를 달았다

먼 항로를 타고 온
에로틱한 분홍미소에
꽃담에 젖는 수다
마드리드 골목길을 끌어 들인다

# 제라늄의 분홍미소 3

제라늄의 식구가 늘었다
유독 긴 꽃대 끝에 피는 분홍꽃은
토실한 볕 살을 같이 받아도 야위다

안타까운 마음에 이동해 준 자리는
나름 명당이다 싶은데
잎사귀나 꽃이나 야들하지 않다

하지만 너를 인증 샷 하여
인화지를 뽑은 나의 암실에서
선명한 추억의 여행길이 되살아나고 있다

올리브유가 익어가는 언덕을 지나
도시의 골목길에 접어들면
코발트빛 창가에서 탐스럽던 너를 기억한다

그런 네가 나를 떠나지 않아
지구본 1/2을 연상하게 하는 화분에다
옮겨 놓았으니, 그리움의 숨소리는 더 피리라

## 제라늄의 분홍미소 4

수시로 들여다보는 그녀를 위해
제라늄은 분홍미소를 잊지 않았다

지중해를 두어 번 갔다 온 이 후
그리고 몇 해가 스러지고 난 후
나를 통해 기억하고 싶은
그리움이 떠올랐나보다

때로는 꽃잎조차 무겁다
피할 수 없는 계절의 통과에

꽃대의 목마름을 보고
사위어가는 생명을 일으키듯
잔뜩 흙을 고르다 허리를 펴고 짓는

그녀를 위해
계절 없이 종일 미소를 띠고 싶다

# 소년의 휘파람

박미정 시집 · 작가마을 시인선 46

# 제3부

## 빈집, 어장막

바다의 비늘이 없다
비늘을 따라오던 웃음도 없다
이젠가 저젠가 돌아보던
어장 아비의 늙은 어머니의 기척도 사라졌다
어구는 삭아가는 형상을 숨기지 않고
바람이 스칠 때마다
녹슨 못을 빼내고 있다
스러져가는 습진 담벼락 아래
작은 꽃들이 삶을 얻고 있는 소리에
바다의 기억만 출렁거리는 어장 막
한낮엔 양철지붕 위에다 볕바른 햇살을 꽂고
바람의 비늘을 치고 있다

## 영도의 길, 산복도로에서

산꼭대기를 타고 내려오는 바람
지붕 위에서 빨래를 말리고 있다

사다리 같은 계단을 타고 오르다
골목 그늘에 앉아 근육통을 푸는
짭조름한 바닷바람의 독백 몇 마디가 아프다

해녀의 숨비소리가 건져낸 해초류
허리를 비틀고 소금기를 뱉어내는
욕망의 속살이 평화로운
길가의 낡은 평상
새로운 간판이 되어 있다

봉래산 꼭대기는 빼고
출렁대는 삶 그대로 다 보이는
영도의 길, 산복도로

눈 아래 우뚝우뚝 선 빌딩들
햇살에 유리창을 날카롭게 번뜩거리지만
산복도로를 여유롭게 걷다 말다 하는

고양이의 방울 눈동자엔
한갓 졸음이다

# 그리움

제주도가 멀면 얼마나 멀다고
우리 다연이가 자랑스럽게 입학한
졸업식도 못 봤다
이것저것 잡雜생각이 많다 보면
행동이 느리고
때를 놓치는 일이 허다하다
“속에 넣고 팔도 벼슬을 하면 뭐 하냐”
자책을 나무라다
나만의 것이듯 늘 도는 쳇바퀴에
얼른 올라탔다
시간을 굴리는 강물이
어제보다 더 빠르게
남쪽 바다 끝으로 향하고 있다

# 저만치 꽃지 섬

바다 안의 길이 궁금했다
늘 출렁거리고 반짝거리는 속내
빛나고 윤이 날 줄 알았다
썰물이 쓸고 나간 길 위에는
슬슬 오락가락하는 빗줄기
제대로 우산을 공격하는 바람 줄기
쫘악 깔려 있고
울퉁불퉁한 돌 숲을 절이는 소금기에
식욕을 찾아 오체투지 하는
작은 게 여럿 생명을 향하고 있다
물 빈 동네를 두고 떠나야 할 만큼
경각에 달렸던 바다
침묵의 절규에
바위 부서진 뼛조각들
바람구멍이 숭숭 뚫려 있다
수시로 울컥대는
비바람을 건수하고 살아온
저만치의 노경老境을 경배하는 마음
바다로 살다 가신 어머니가 보고 싶다

## 하롱베이

용의 비늘을 타고 선착장을 떠났다
미끄러운 그것은
앞으로 나아갈수록 짙푸른 결을
뱃머리에 내어 주었다
선량한 위용에
섬마다
기암절벽은 푸른 가디건을 걸치고
태양의 위치에 따라 표정을 바꾸는 수용을 보이며
악수를 기다리듯 그윽하다
환상이 아니다
공상이 아니다
무언의 신비가 펼치는 현상에
벅차게 솟구치는 환호성
감동의 성좌를 그려냈다

# 멋쩍은 기행

짙은 해무의 기립 속에
대교를 타고 들어갔으나
장보고의 바닷길을 방적한
완도는 한눈에 볼 수 없다

잠잠한 것에 갑갑하여
어슴푸레한 회색의 나선을 잡아당긴 객기는
속수무책으로 퍼붓는 빗줄기의 대면에
9세기로 향하던 나침반이 멈췄다

도크 위에 올라간 해무를 점검하는
번개는
하늘이라도 꽉 쪼갤 듯 부리부리하더니
쏟아내는 빗물을 어찌하지 못하고

내려앉으려는 땅거미
젖은 땅에 몸부림치다 심장을 태우더니
풀썩 퍼질러 앉아버리는
대찬 빗줄기가 선점한 기행을 봤다

# 그날, 완도는

섬진강 위에 흩뿌리는 비
햇살에 지워졌다가
다시 드러나기를 반복하니
봄날이 유장하다

강진의 한 식당에서
입맛의 설렘을 다독인 후
남으로 북으로 길을 놓고 기다리는
완도에 닿았으나
굵은 빗방울의 세리머니가
자욱한 안개 속에 유별나다

사방에 유리창을 걸어 놓은
암팡진 모노레일을 같이 타고 내리는
비
오므라들고 사그라지는
바다잎사귀들을 흔들며
하얗게 다가오는 바다 끝
여긴가 저긴가

그리운 것들의 귀환을 기다리다

끝끝내 잦아들지 않는

봄비의 위용에 매료되어

날씨에 따라 멋이 다른 완도를 보았다

## 길 위에 완도

길 위에 언뜻 보이기 시작하는 햇살
조금 흐리다가 사라졌으나
참으로 조용한 봄날이다. 여기까지는

완도에 닿았다
참는다 싶던 빗방울이 터지고
곱다 싶은 빗방울이 밧줄처럼 풀려
아스팔트를 내려쳤다

시야에 들어오던 바다가
삽시간에
하얀 벽 안에 갇히고
없다

뱃고동 소리가
아무리 고래고래 고함을 질러도
파도의 현絃을 처대는 해무 속에
아득한 메아리일 뿐

엉금엉금 길을 헤맸다

## 길 너머 간월도

푸른빛 비가 풀어낸 바다
잠시 밀려가 있다

이리저리 흔들리는 빗길을
접었다 폈다 연거푸 하는 바람
일직선으로 몸을 비틀고 있다

시월을 막 거둔 흐린 날씨의 아침
밀물이 사라진 혼돈의 점호가 너무 거칠다

넵, 넵, 넵
다섯 개의 손톱을 귓바퀴에 바로 세웠다가
내리고, 앞으로 향한 모래알 너머

한눈에 마음을 예인한 섬
사다리 같은 계단을 걸어 두고
외따로 오뚝하게 서서 기다리고 있다

## 약속

너른 땅 밭이랑에
곱디고운 재 쌓였는데
네댓 살 아기가 거기에서
온유한 눈빛으로 나를 대하니
아기 어머니의 가르침이 궁금했다
함구함에 비치는 미소와 얼굴빛
고요한 주변의 새벽, 그 아침
산꼭대기에서 일어난 평화
형언할 수 없는 아우라
꿈이듯 생시이듯
깨어나
생명을 틔우는 뜻 깊이 새기는
수요일의 참회, 밭을 일구게 하소서

# 아침 바다

붉은 눈과 하얀 눈으로
수평선을 밀고 나오는
태양의 근육은

굵은 터치로
뜨거운 점을 하나씩 드러내는
햇살이 되어 달려 나온다

미세한 점 대신
원색으로 바뀌는
아침 바다

쉬으면 밝아지는 빛처럼
망막에 맺힌
해돋이를 그린다

# 태풍

태풍상륙이다
휘몰아치는 바람의 아우성에
깊은 밤을 내 준다
입을 꽉꽉 물린
베란다의 유리창이 흔들거리며
태풍의 성쇠를 신랄하게 알려온다
무사히 지나가기를 바라는 읊조림은
적막을 쌓고
적막을 뚫고 나오는 바람의 뼈
굴러다니는 소리가 잔인한
밤

귀청을 후벼 후후
환청을 날려 없애고
천지 안의 공명을 귀 담는다

## 서녘 바다

초승달보다
작은 쪽배를 타고
떠나는 노을을 전송했다

붉은 눈물 자위를
어두운 수건으로 닦고
그대로 까맣게 내려앉는 서녘 바다

창문을 새어나오는 불빛
하나 둘……
침몰을 건져낼 불야성을 쌓는다

하늘의 조명등을 찾기 시작하는
집착에
허무한

너의 슬픔을 비켜서서
우울을 감지하고만 있던 나에게
함께하는 아름다움을 깨닫게 했다

# 백암산에서

가파른 길
안에 두고 사는 산
단풍 짓는 것에 홀리어

산행연습 없이 걸음 한
낭만의 숨소리
거칠어지는 3부 능선이다

오기傲氣로 배낭 맨 것도 아닌데
후회는 오기傲氣를 낳아
오를 수밖에 없다가

바람이 회초리가 되었던지
부러진 가지를 꺾어 짚고
바위의 등에 앉았다가 기댔다가

돌아 나온 산마루를 타고
층층 계단 저 아래는
절벽인가 하다가도

굽이굽이 물결치는

단풍의 응원 속에

평지의 포옹은 새 삶인 듯 파안대소

# 식탁 모양새

우리 집 식탁
설거지가 끝난 그릇들
자리 찾기 위한 환승역이 되어 있다

때마다 윤기 나게 닦아져
반질반질하고 때깔 곱던 그릇들 살게
전리품으로 두고 본다

사라진 부귀영화를 채울 일이면
채우라는 숨은 뜻이
있다

유리바닥 밑에
세계지도까지 깔고
오대양 육대주를 열었다 닫았다

모양새 구기는 일이 없다

# 제4부

## 강가에 선 그대에게

그대,
그대 사는 그 강가에
살고 싶다

강물 위에 흐르는
어여쁜 반짝임에 비치는
그리움의 산란을 함께 보고 싶다

낚싯줄 드리우면
수중의 이야기가 도란거리고
가만히 있으라 하여도 흔들리는 손끝에서
숭어의 망설임도 나누어 듣고

강물의 옷깃을
온종일 젓고 다니는 바람쯤이야
손바닥 위에 놓고 훌훌 불어 날리는

그대 선 강가에서는
세상만사가 한갓져
잃을 길
잊을 길 없을 것 같다

# 아날로그를 달래다

주파수를 맞추는 중이다

밤을 잊은 나에게
그대가 선택해 주는 곡
무엇이든지 청취할 참이다

그보다 좋은 것은
나를 공손히 잠으로 빠지게 하는 것이지
몸부림을 칠수록 달아나는 잠버릇
고치기 버전을 눈치 채 주기를

아, 잡혔다
잡음이 싹 사라졌다

해머가 현을 치는 건반의 울림에
고요한 바다와 즐거운 항해를
시작하는 베토벤의
여든여덟 개의 공명에다 청각을 열어줬다
아날로그를 달래는 선율을 따라가면서

휘돌아 나오다

나폴레옹이 헌사 하려다만

지워진 글귀를 애써 찾는 밤

되레

베토벤의 슬픔으로 향하여

밤을 울리는 심금을 만들고 있다.

# 그럴 때, 자갈치에 가다

붉은 옷 그대로 입고
솥 안에서 김을 쐬고 나와도
꽃게는 붉다

파랗게 질린 파래
야무지게 잘 씻어
액젓 두어 방울에다 식초 한 방울
깨소금을 곁들이면
살아나는 파래 맛 상큼하다

무를 빚어 끓이다가
넣은 학꽁치 오돌오돌해지면
마늘 두 쪽 대파 두 쪽
아버지는 고춧가루 조금 넣으셨다

비린내 없는 학꽁치 국 한 그릇
비린내 없는 반찬에
바다가 그리울 때 있다

어머니가 가시던 통영의 새벽시장

서호시장에 가듯
그럴 때 나는 자갈치 간다

# 내 안의 여자

나를 위해
기다리며 보낸 시간의 탈색이
여유로 돌아왔다

때로는 지치고 흔들려서
이미 사라졌지 싶은 것들이
살아서
내 앞에 느긋하다

삶에 대한 새로운 방정식을 풀지 않았다
수학은 늘 지긋지긋했으니까

별똥별이 되어 사라진지 오랜 인 것들을 위한
소환의 노래도 부르지 않았다

다만 시간의 관객으로 살지 않으려고
시간과 줄다리기를 했을 뿐이다
내 안의 여자, 그 여자가

# 자매

언니는
동생이 하는 짓마다 귀엽고
동생은
언니가 하는 것마다 신기하다

나도
열네 살 되면
피아노를 저렇게 잘 칠 수 있을까

칭찬받으면
공부 잘 하고 싶어
얼른 책상 앞에 앉아 동화책을 읽는

동생의 귀여움에
반한
언니의 귓속말
이 승 현 최고야!

조카 손녀 현서와 승현이는
나와 언니처럼 일곱 살 터울이라
자매의 추억을 소환해 주는 자매다

## 행복한 동거

베란다의 땡볕을 사양하지 않다가
올부터 블라인드 내린 창가에서
아늑한 반그늘의 정서를 맛보고 있다

한동안 타들어가던 잎사귀
눈엣가시처럼
가위손으로 무자비하게 잘려지고도
꿋꿋하게 견뎌낸 상찬이다

심장 하나로 살기엔 고통스럽던 그해
꽃집에 들렀다가
초록과 연둣빛이 교차하는 무늬에 끌려
시작한 동거 스무 해 남짓

무지한 집도를 히스테리로 해대던
나의 소란에도 침묵하고
생명을 만드는 꿋꿋한 자태

무릇 물만 먹고
참으로 다행으로

풋풋하게 너는 웃고 있다
우리 둘 중 누가 아니고 다 행복하게

# 딸기

붉은 그것에 매혹되어 맛을 즐기는 언어를 찾다가

좋은 것만 다 가질 수 없는 것을

미리 알고
까만 셀 수 없는 까만 것을 찍고 나온 것에

세상이 아무도 무어라 함부로 말할 수 없게

사랑스럽다가 측은하다가

아무리 보아도 나부대지도 않는데

다만 허리를 굽히게 하는 것은
너의 선택이 아닐 것이다

멧돼지가 찔려 음흉하게 산으로 달아날 때 밭을 둘러싼 녹슨 철조망에는 이슬이 맺히고 태양은 파장이 긴 붉은빛으로 여명을 지우고 있다

사는 것은 죽음 끝에 있어서
죽음은 사는 끝에 있어서
딸기 맛은 계절 끝에 죽도록 살고 있다

# 은그릇 닦기

중세 시대의 영광까지 갈 것 없다
반세기 전으로도 갈 것 없다
색 바랜 은그릇은 부엌에서 자리를 잡지 못하고
이리저리 옮겨지며 푸대접을 받았다
날마다 눈에 나는 것을
빠득빠득 닦고 싶은 심정도 없이
이리저리 치우기만 했다
지난 세월 동안 마치 오늘을 기다린 듯이
인터넷으로 관리법을 읽었다
은그릇은 제 색깔을 잃고 산 지가 얼만데
관리법은 그대로 예전 관리법이다
치약을 묻혔다
내 마음 알제?
윤택한 시절의 쾌락이 그리운
머리끝이 근지럽다
염색할 날이 다가오나 보다

# 어장집

바다냄새가 늘 붐비는
어장집
해무를 밀어내고 들어온
비린내가 식욕이다
어부가 바쁘게 코를 낀 그물코
여물기로 소문날수록 좋아
깁고 쓰는 재미가 독특하다
길어도
짧아도
바다 운과 한 배가 되어
배가 배를 낳는 재미에
운 가는 줄 모르다가
하나 풍덩
하나 풍덩
돌이듯 돈을 바다에 넣고 나면
곳간 열쇠가 헐거워져
한恨으로 남는
어장집이다

# 지리산에서

지리산 계곡에 발 한 번 담그고 「지리산에서」라고 시작하니 낯이 뜨겁다 다슬기 몇 개 소쿠리에 담아놓고 물 끓이며 수 개의 자랑거리를 건져내어, 말 전하는 폰은 귀가 따갑다 물이끼에 미끄러져 멍든 바짓가랑이는 짜깁기가 끝나지 않았는데 미끄럽게 타고 놀았던 햇살의 손바닥 안에서 희희낙락한 즐거움만 가지고 다 본 듯이 이러쿵저러쿵하니 오감은 미모사 잎처럼 오므리고 펴기를 반복하며 부끄러워한다.

## 무심코

격자 창틀에 흩어져 있는
미명의 새벽을 보고
다시 뒤척이기엔 결심 하나가
덫에 걸릴 것 같다

물 한 컵에 오장육부五臟六腑를 흔들어 깨우고
벼슬이듯 모자를 챙겨 쓰고 나섰다

만보漫步의 반 걷기를 완수하려면
인문학 강의에 이어폰을 꽂고
습관적으로 공원을 수십 바퀴 도는 것이다

이것과 저것의 기준에서 만나는 갈등
관찰과 관심과 관계의 미묘한
진통을 벗어놓고

새로운 것도 아닌
케케묵은 나의 유물인 수數 채우기에
오늘도 무심코 걷고 있다

## 해운대 북극곰 축제

북극곰
북극에서
전무全無한 것에 대해 오리무중

세계 각국 샅샅이 수색 중
해운대 북극곰 축제에 운집한 곰
CCTV에 포착됨

환상적인 파도타기 장면에 인파들 북새통

눈물 덩어리를 계속 떨어뜨리며
귀향을 호소하는 빙하의 절벽
계속 찬 가슴을 뜨겁게 쓸어내리고 있음

설마
그러거나 말거나일까요?

해운대 겨울바다 맛 만끽 후
내년에도 참가할 것을 호언장담
귀향은 당연하다고 자제를 당부

카메라에 멋짐 포즈까지 선사

천성이 느릿한 곰의 빠른 속전속결에
극성팬 열렬 환호성으로 채워진 바다
에메랄드빛으로 진정하는데
약간의 시간이 소요될 것으로 예상됨

북극곰의 향발은 극비에 붙여짐

– 해운대 북극곰 축제 현장 르뽀

## 소한小寒 한마디

– 2016년 1월 6일에

역설로 태어난
내 이름이야
맹추위 떨쳐버리는 막강한 후원을 위해

살아 봤지?
절기 중에 가장 추운 날
추위 치유의 효과는
소한에게 미안하지만
쯤이야

생활 속에 한 심리치유
오래전의 일이야
요즘 막 떠들어대니까
우레로 생긴 신기루 같지만

선대들은 자연스럽게 했다니깐

헷갈린 봄꽃이라고 까불던 앵글
오늘은 어디다 갖다 댈까
서울 영하 4도, 철원 영하 9도

〉

보이지 않는

자연

조상의 지혜,

삶의 이정표 삼아도 후회 없을 거야

두 번도 아니야. 삼백예순다섯 날 중

단 하루의 단 맛

## 오누이

도란도란
소곤소곤

일곱 살 티 풍기는 정빈이
여섯 살 티 나는 유빈이
미쁜 오누이

까르르
까르르
웃는 소리에

봄볕도 살이 통통
정원이 아름답다

# 제5부

# 봄이 오면

봄이 오면 노랗게 피는 개나리
우리 동네 담장을 예쁘게 물들여요
언니랑 손잡고 학교 가는 길목에
방긋방긋 웃어주며 우리들을 반겨요
쉬는 시간 창밖으로 살짝 내다보면
햇살 속에 반짝반짝 웃는 얼굴 예뻐요

봄이 오면 하얗게 피는 벚꽃은
우리 동네 담장을 예쁘게 물들여요
엄마랑 아빠랑 산책하는 길목에
꽃비처럼 날아와서 엄마 아빠 반겨요
우리들도 뒤따라 걸어가 보면
햇살 속에 반짝반짝 웃는 얼굴 예뻐요

* 2019년 제26회 동요사랑 페스티벌 발표

# 부산 동구에서 만나는 고향

부산에서도 부산이 그리울 때가 있다
그럴 때 훌쩍 찾아가는 동구행 발걸음
자개 골목 한 바퀴 뺑 돌면
자개장이 어울렸던 고향이 그립다
옛 일신여학교의 전신에서
김말봉 소설가의 일대기를 수렴하다
박경리 생가를 잇는 아기자기한
골목의 시간을 외우던 고향이 그립다
철길 옆 바닷길까지 끼고
정발 장군의 충절과 위훈을 기리는
탑 아래 닿으니 유유자적
헤엄쳐 들어오는 뱃고동의 날갯짓
아아, 내 고향 통영
항아리 항구가 그립다
가자, 가자, 나의 옛길이듯
산복도로 가는 경사로
꼬불꼬불 따라 가보자
앞서거니 뒤서거니 만나는 이바구길
아무리 들어도 줄지 않고
되레 솟아나는 이야기 샘 언덕길에서

피랑 길 재미난 고향이 그립다
빨강 우체통의 연인들 속에
굵은 검정 테 안경을 쓴
청마의 편지에 두근거리는 그리움
깃발의 바람을 간직한 고향이 그립다
부산에서 부산이 그리울 때
향수의 아우성을 해갈한 거기를 향해
갈증을 들고 나선다

* 2020년 《동구문학》 초대시

## 황령산에서, 부산

아침 이슬 영롱한 산책길 따라
산마루 천천히 타고 오르면
굽이굽이 흐르는 숲속의 바람
황령산의 실바람 흐르고 있다
들꽃은 저마다 예쁘게 앉아
노랗게 하얗게 부르는 노래
저절로 여미는 계절의 향기
황령산의 꽃바람 흐르고 있다
오르면 오를수록 열리는 부산
동서남북 사방팔방 트여 있는 길
태평양도 저만치 저만치 있고
인도양도 저만치 저만치 있다

* 제14회 우리 시 우리 노래-금정문화회관 소공연장

# 삼원색 종이배

엄마하고 나하고 동생 둘하고
하하호호 즐겁게 만든 종이배
빨강 노랑 파랑 아빠가 지어준 이름
삼원색 알록달록 색칠을 하고
희망찬 노래 높이높이 부르네
시냇물에 띄울까 강물에 띄울까
너른 바다 수평선 끝을 향할까
개구쟁이 우리 셋 가위바위보
하하호호 응원하는 아빠 엄마 따라서
앞서거니 뒤서거니 신나는 토끼 발
반짝반짝 빛나는 강가에 앉아
낙동강에 띄우는 삼원색 종이배

* 2018년 25회 동요사랑 페스티발 문화회관 중강당

# 연놀이

줄 타고 신나게 노는 방패연
새가 되어 공중을 날고 있네요
반듯한 네모에 바람구멍 없어도
바람길 비켜주며 친구가 되어
날고 싶은 꿈과 희망 이루어가는
우리들의 연놀이 정말 신나요

줄 타고 신나게 노는 나비연
하늘하늘 공중을 날고 있네요
예쁜 나비가 하늘하늘 날아서
바람길 비켜주며 친구가 되어
날고 싶은 꿈과 희망 이루어가는
우리들의 연놀이 정말 신나요

* 2019년 동요사랑 페스티벌 문화회관 중강당

# 부산 항구의 밤

뱃고동 소리 울려 퍼지는
서정이 있는 밤 부산의 항구
만남의 기쁨과 이별의 슬픔
그리움 아닌 것이 어디 있으랴
떠나는 이여
손을 흔드는
부산 항구의 밤 깊은 여운은
그리움 아닌 것이 어디 있으랴
여명을 향하여 뱃길을 여는
뱃고동 소리 울려 퍼지면
욕망 속에 사라지는
부산 항구의 밤
그리움 아닌 것이 어디 있으랴

* 제3회 시작詩作 : 작품 발표회 –소민아트센터

## 상사화, 그대

그대는 지금 어디에 있어
이 마음 홀로 슬프게 하는 가요

호수에 비치는 저 잘과 저 별은
우리의 낭만을 추억하고 있는데
그대는 지금 어디에 있어
이 마음 홀로 슬프게 하는 가요

가만히 흐르는 달빛 속에
가만히 흐르는 별빛 속에
그대 그림자를 찾아
그대의 목소리를 찾아
달빛과 별빛 속에 흐르는 눈물
흐르는 눈물

그대는 지금 어디에 있어
이 마음 홀로 슬프게 하는 가요

이별은 아니라고 말해주세요
잠시 떠나 있어 슬프다고 말해주세요

〉

오늘 밤 우리 속삭이면 안 되나요

그대는 지금 어디에 있어
이 마음 홀로 슬프게 하는 가요

* 제4회 시작詩作 : 음악회 작사 –소민아트센터

# 망부석

파도는
밤낮으로 머리카락을 헹구며
나타났다 사라지기를
수시로 반복하고 있다

먼 수평선
해무 사이를 가물가물 내밀다가
까마득히 사라지기를
수시로 반복하는

그 길을 헤치며
손 흔들고 떠난 임
바닷길 회오리가 휘몰아친다 해도
돌아오실 길에는 두려움이 없으라

임의 발자국 씻어대는
파도여 해무여 거친 회오리여
날 선 시간도 꺾지 못한 기다림
억겁의 세월은 눈물겨워 보노라

바다 끝 절벽 위에

버선발로 선 것을

이내 나무라시며 설핏이라도 오소서

바람으로 나서리라 그대 옷자락 따라

* 제23집 《양산문학》 초대시

## 사과나무 한 그루

교외 과수원에서 분양 받은
사과나무 한 그루의 가을
배달 됐다.
조카며느리의 주말이 엿보이는
붉은 노을빛
문득 가슴을 깊이 울려
정情을 위한 노래를 부르고 있다.

## 함께 가자

혼자 가면 외롭다
함께 가자

물결이
파도와 함께 오듯이

파도가
어깨동무하고 오듯이

해안선을 달려오고
달려 나가는

저 바다 물결과
저 파도처럼

노래 부르며
함께 살자

* 2020년 『이야기』 8호 포토에세이 여는 글

## 을숙도의 계절

철새가 날아온다
줄지어 온다
한 마리 두 마리 셀 수 없이
떼 지어 오는 철새 예쁜 날갯짓
아, 을숙도 하늘 아래
둥지 찾아서 철새가 온다
줄지어 온다
여기저기 철새의 노래 울려 퍼지는
을숙도의 계절에 구경 가보자
철새가 우는 소리 그리움 소리
갈대가 서걱서걱 부딪히는 소리
너와 나의 그리움 여기에 있네
그리움 여기에 있네
철새가 날아온다 줄지어 온다
여기저기 열려있는 하늘 길 따라
날갯짓 예쁘게 훨훨 날아온다

* 2020년 제15회 우리 시 우리 노래 발표

# 돌아온 생명

시계가 살아났다

고장 났다고 밀쳐둔 이십 여 년
무기물로 산 것은
명품 닦지가 한몫했다

긴 잠 깨고
좌우로 움직이는 추
똑딱똑딱
맑고 투명한 소리가 아직 살아났다

언제부터 생명에 대해 무심해졌는지
건전지 하나 갈아 끼우면
벌써 돌아왔을 생명인데

부지런한 소리가
갈아 앉아있던 집안 분위기를 살려
날마다 시간을 쓰고 있다

## 생 꿀

생 꿀을 보내왔다

별집에서 걷어내고 보냈다니

뚜껑 열기를 미룰 수 없다

화분이

벌의 촉을 건드렸는지

벌 떼

웡웡거린다

그럴수록

미각의 빨대를 길게 뽑는 것을 멈출 수가 없다

자연을 채취하기 안간힘은

목구멍을 따갑게 통과하고

몸속 장기들의 경쟁을 불렀다

단 한 순갈에

녹다운 된

뱃속, 잠잠하기를 기다렸다가

물을 들이켰다

수분에 잠긴, 잠시 동안

벌침 맛에 지루한 속죄가 계속되었다

# 폭염을 향한 비난

폭염은 잔인하다

잎새의 미동도 허락하지 않는다

죽은 듯이 살아있어야 하는 공포

경험을 하는 것은 잠시면 족하다

그늘의 어둠은 짙다

참고

또 참고 사는

죽음을 과장한 바람들이 수두룩하게 떨어졌다

생명을 그까짓 것으로 포기할 수 없다

## 문학메카의 종소리

무등산 너른 품
사방팔방 열려 있어
방방곡곡 가슴들은 그리움의 집이다
누가 먼저랄 것 없이 찾아드는
큰 집 하나
문학 메카 이십 년 요동치는 세포는
무등산을 뿌리 삼은 고려의 후예로다
사람 사는 삶이야 다르지 않다지만
무엇으로 사는지 호기심을 자극하는
문학 터전 유서 깊어
능선에 오르면 만나는 일미관행一味觀行
하나의 그 맛에 내려앉는 시간이다
지평선이 아득한 평야의 정원에
주상절리 경관을 부드럽게 들여놓고
무등산의 중생대를 오늘이듯 보고 사는
산 아래 마을은 에덴동산 진실이다
눈뜨면 가보자
닿는 곳이 문학 메카
불가사의한 상상력을 뇌리에 가득 담고
큰길로 작은 길로 찾아드는 사람들

천왕봉 내려오는 맑은 물 샘물에
목마름을 축여가는 숨소리가 선명하다
남도에서 시작한 문학의 표지석이
백 년이면 어떠리 천 년이면 어떠리
문학 메카 광장의 처마가 아름답다

* 2020년 「문학메카」 20주년 대회 축시

# 지우개의 화장터

한 편의 시를 위해
지워지는 글은 셀 수가 없다
작업 끝에 남아있는 검은 지우개는
본래의 하얀 것을 글 속에 태웠다
사라진 글만 흑연의 심의 썼을까
끈적거리며 책상을 떠나지 못한
재를 슬어 담는데
피가 난다
쥐어 짠 헝겊으로 붕대를 대신하기에는
흐르는 속도가 빠르다
미안하다 정말 미안하다
옆엣것 뜯어내고
아랫것 재단하고
위쪽은 핀셋으로 찌르고
다시 흔들어 깨부수기를 반복하는 것에
남은 몸마저 무無로 환원 시키고
시를 떠났다

## 산으로부터 알림장

푸르면 푸른 대로
붉으면 붉은 대로
만남과 이별이 있다

무딘 바위의 등에 대고
비비대는 것
그것이 무엇이라도 좋다
살려고 하는 것이라면

산을 찾으면
사는 것을 배우고
다시 기쁘게 돌아왔다 나가라

침묵이
아무리 통通하는 것이라고 할지라도
영원히 입을 닫으면
오늘 이처럼 볼 수 없다

## 연화도

꽃 한 송이
다도해에 뿌리내려
연화의 향기로 살고 있다

의상이 피었다 사라지는
바다 한가운데
섬이로되

그윽한
풍경 소리
연화 향기 바다로다

| 시집해설 |

# 생의 감각, 풍경의 마음

## — 박미정의 시세계

**구모룡**(문학평론가)

시를 쓰는 일은 생의 감각을 회복하고 지속하는 과정이다. 일상의 삶은 온갖 추상으로 덧씌워져 있다. 오감은 옅어지고 특권화된 시각의 힘에 이끌리고 실재와 무연한 말의 상징에 휩쓸린다. 이러한 가운데서 구체적인 감각으로 사물을 지각하고 실존을 인식하는 일은 시작의 계기가 된다. 가령 우연히 만난 '능소화'가 "주황빛 옷자락/아름다운 황혼"으로 그려지면서 "하늘에 물드는/사랑의 애상"(「능소화」에서)에 젖는 과정을 예로 들 수 있다. 은유를 거쳐 마음에 시적 대상이 물든다. 느낌의 말을 찾고 사물에 감응한다.

> 비 개인 오후에 펜을 잡았다/컴퓨터 화면을 끄고/백지 위에 눌러 쓰는 글은/송곳처럼 날카롭게 쓸 것 같았는데/나무의 혼, 하얗게 바라보는/순수한 저항에 시선을 이동한다/쏟아진 비, 말끔히 사라진 대지 위에는/신록이 화창하다, 그렇지/촉이 살아있을 때 살아야지/나무의 열매를 기억해내며, 새처럼/날개를 달고/희망의 가운데를 날고 있다 (「비 개인 오후에 만나는 시」 전문)

발달하는 매체는 존재의 형질 변경을 끊임없이 요구한다. 컴퓨터로 쓰는 행위는 알게 모르게 기술 의존적인 의식을 형성한다. 시인은 이와 같은 현상학에 민감하다. 펜으로 백지 위에 쓰면서 '나무의 혼'과 같은 '순수한 저항'에 부딪치나 오히려 이로써 시선의 이동을 경험한다. 인공의 언어에서 벗어나 '대지'의 발견으로 나아간다. 펜의 촉은 이제 생명의 촉으로 살아난다. "그렇지/촉이 살아있을 때 살아야지"라는 화자의 발화가 예사롭지 않다. 그러니까 시는 진정으로 살아감과 함께 한다. 신록과 호흡하고 '나무의 열매를 기억해내며' '날개를 달고' '희망의 가운데를' 향한다. 이러한 지향이 시인으로 사는 의미를 만든다. 나로부터 발원하여 외부로 확장하는 의식의 지평 속에서 시는 거듭 쓰이며 시인은 이와 더불어 산다. "내 암호 없이 들여다볼 수 없는/독백뭉치가 흩날리고 있다/오라, 아직 다가오지 못한 시의 딸꾹질"(「시의 딸꾹질」에서)이라는 진술이 말하듯이 시인은 이미 쓴 시와 다가올 시 사이에서 요동한다. 기지와 미지, 기억과 예감 사이에서 출렁이는 생명의 민활한 감각이 있다. '시의 딸꾹질'이 이와 같다. 비록 '독백뭉치'로 남더라도 시적 과정은 생의 의지와 다름이 없다.

시인은 일상 안에서 일상을 격리한다. 하지만 일상과의 단절을 시도하지 않는다. 그와 같은 비극적 감성을 저어한다. 그만큼 구체적 삶을 희생하면서 획득하는 시적 성취를 바라고 있지 않다. 이는 삶을 직면하면서 진정한 자아를 찾고 사물과 세계를 사랑하는 태도로 나타난다. 가령 「미명의 시간에」는 잠 속으로 틈입하는 일상의 무게를 읽게 한다. 밤과 여명의 경계에서 전정한 자아를 찾는 프레임이 작동하고 있다.

> 어둠이 이슥한데 창문을 열었다/잠시 선잠 같은 꿈속에서/그녀와 멀쩡하게 같이 있는 것에 놀라/화들짝 깊은 밤을 깨웠다/관계가 회복되려는 탄성이면/외면해야 했는데……//불을 켰다//의미는 무의미하게 지워졌으나/그래도 혹시 남았을 잔영을 툭툭 털었다/여명

은 공상空相에 머뭇거리고/새벽을 기다리는/확장된 동공을 눈꺼풀로 덮어/만나고 싶지 않은 꿈의 환란을 지웠다//자기 증언이나 다름없는 고흐의 자화상을 폈다//나의 증언이 있는 자화상은 어떤 것일까//은밀하게 그려둔 진실의 윤곽/명암의 붓질로/흔들리지 않는 나의 고백을 대신하며/미명의 시간에 밝힐 것이다

(「미명의 시간에」 전문)

좋지 못한 관계나 결별한 사이도 1연의 '그녀'와 같이 무의식에 잔영으로 남아서 꿈속에 등장한다. 의식과 무의식, 기억과 망각, 사회적 자아(me)와 바람직한 자아(I)는 분리되지 않고 하나의 몸으로 존재한다. 하지만 진정성을 찾으려는 시인의 의지는 '불을' 켜고 어둠을 물리면서 꿈의 '잔영'을 털고 자기 인식으로 나아간다. '자기 증언이나 다름없는 고흐의 자화상'을 소환하여 어지러운 '공상'과 맞세우면서 '은밀하게 그려둔 진실의 윤곽'에 다가간다. '흔들리지 않는 고백'은 무엇보다 중요한 시적 주체의 진술이다. 미명을 밝히는 내면의 등불이 시를 생성한다. 적어도 시인은 어둠 속의 촛불처럼 홀로 빛을 발하는 존재이다. 이로부터 타자와 사물의 만남이 열린다. 자아의 연단이 없는 투사, 동화, 감응은 한계를 지니게 마련이다. 다시 말해서 박미정 시인은 반성적 주체의 전제에서 외부를 향하는 의식의 지향을 보인다. 이에 산책길의 '동백꽃'에서 '사랑'을 발견하고(「동백섬 한 바퀴」에서) 새벽의 들리는 '소년의 휘파람' 소리를 통해 추억에 가 닿으며(「소년의 휘파람」에서) 만나는 사물에서 '처음'의 정조를 느끼는(「처음 가을」에서) 까닭이 있다.

강가에 섰다/물결의 군락에 피는/천년의 빛깔, 하얀 반짝거림에/껍질을 벗기는 수정체/동공이 투명하다/일조량이 풍부해진/강 어느 곳에 서식하는 바람/마음 놓고 바라보고 있으니/강물의 숨소리/시

간이 흘러가는 동안/갈대에 가을이 물들기 시작했다

(「처음 가을」 전문)

시인의 생애에서 가을이 '처음'일 수 없다. 그러나 의식에 비친 가을과 그 속의 모든 사물은 늘 '처음'이다. 강과 갈대 등 자연은 '천년의 빛깔'이지만 시적 자아의 맑은 눈길에 비친 '물결의 군락'은 최초의 풍경이다. 햇빛과 '강물의 숨소리'와 더불어 물드는 '갈대'를 바라보면서 시 속의 주인공도 서서히 동화된다. 이처럼 시인의 내부와 외부는 어지러운 관계와 낡은 언어의 때를 벗으면서 새롭게 피어난다. "구릉마다 여울지려는 물빛에/시큰거리는 눈물샘/오호라/내 심장은 벌써 붉어/뜨거운 단풍이네"(「입추 탐색」에서)라는 진술처럼 서로 감응하면서 붉게 물드는 마음의 시학이 분명하다. 시인은 이러한 시학의 과정을 '맥놀이'(「맥놀이」 연작에서)에 유비한다. 자아와 대상이 만나서 새로운 생명의 리듬을 생성하는 장면이다. 산마루에 쌓인 눈과 흰머리를 연관시키면서 기억의 무게와 생동하는 현실을 서로 얽으면서 삶의 의미를 고양하는가 하며(「맥놀이 7」에서), 낙엽이 깔린 숲의 '하얀 발자국'과 "얼룩얼룩/무늬를 삼고 뛰어다니며/발톱을 깎는 고양이"를 대응하면서 "하얀 털은 그대로 밝아지고/정맥을 숨긴 발바닥에 찍히는/첫눈, 나비 나비되어 날아다닌다"(「맥놀이 9」에서)라는 결구를 이끌어 내기도 한다. 생명의 율동을 생성하고 상승하는 이미지를 얻는다. 이는 "용머리를 눈 아래 두고 사는/연화도"에서 "이젠 날아야지"(「맥놀이 8」에서)라고 비상의 꿈을 표현하는 일과 무연하지 않다. 이처럼 '맥놀이'라는 두 파동이 겹치면서 생성하는 리듬을 창출하는 시인의 입장이 주목된다. 시의 가장 중요한 구성요소는 은유와 이미지 그리고 리듬이다. '맥놀이'를 이들을 모두 아우르는 시법의 개념으로 이해하여도 무방하다고 생각한다. 이는 또한 「종소리」나 「피아노」 등으로 변주되기도 한다. "물과 불을 건너서/하늘 가까이 전하는 바람소리"(「종소리」에서)처럼 상승하는 리듬을 형성하거나 "검고 흰 그림자를 헌정하는 피아노/격정의 공명에 일어나는 파문"(「피아노」에서)처럼 마음의 심연을 흔들어, 사물에 감응하는 생의 감각이 민활하다.

박미정의 시법으로 먼저 '맥놀이'를 들 수 있었다. 이와 연관하여 다음으로 들 수 있는 대상이 '제라늄'의 이미지가 아닌가 한다. 이를 통하여 의식의 지향을 더욱 뚜렷하게 드러내고 있기 때문이다.

> 몇 달 전에 꺾꽂이를 했다/일주일에 두어 번 물을 주는 것과/자주 쳐다 봐 주는 것뿐인데/꽃대를 올리고/보송보송 봉오리를 맺었다/노란 떡잎을 떼 주었더니/발목이 길어졌다/유리창 밖에는 아직 해가 짧다/문득/뿌리를 내리고 사는 일이/제라늄처럼 쉬웠으면 싶다
> (「제라늄처럼」에서)

이 시에 그친다면 뿌리를 잘 내리고 자라는 '제라늄'의 생태에 대한 찬미라 할 수 있다. 시에서 문제는 반복되는 시편에서 제기된다. 「제라늄의 벽」, 「제라늄의 분홍미소」 연작 등을 이어서 읽으면 '제라늄처럼'이라는 의미가 더욱 증폭하는 사실을 알 수 있다. 이는 제라늄을 마음에 품은 연유를 말하고 있는 「제라늄의 벽」을 겹쳐 읽으면서 보다 구체적인 의미 맥락을 얻게 된다. "서로 나무창을 열면 맞닿을 듯한/옆집 건넛집에도 줄줄이 피어 흔한/그 꽃을/여행길에서 나는 품었다." 그러니까 제라늄은 내 안에 있는 추억이며 먼 곳의 그리움을 대변한다. "꽃대가 꽃물을 올리면/그 길의 안부가 그립고/다소곳이 방추형으로/조롱조롱 꽃망울을 피우면/강렬한 햇살을 그리워하나 싶어 안쓰러운 꽃"

이다. 제라늄은 이처럼 지금 이곳과 먼 동경의 대상을 매개한다. "떡잎 진 꽃잎을 떼어보면/그리움의 옹이가 깊다"(「제라늄의 벽」에서)라는 결구의 진술이 주는 울림이 크다. '제라늄'이 그리움의 시적 상관물이 되는 과정은 특히 세 편 「제라늄의 분홍미소」 연작을 통해 잘 드러난다. "지중해의 바람을 눈부시게 하던/제라늄을 잊지 못하다/꺾꽂이를 했다"는 화자의 말처럼 그 연원이 분명하다. 또한 "창밖을 유난히 향하는 꽃대는/그리움이다 싶어/빤히 샛길 보이는 창가로/뿌리가 안착한 화분을 옮겼다"라는 진술에 이르러 제라늄에 투사하는 화자의 태도가 구체적이다. "마드리드 골목길"에서 만난 "에로틱한 분홍미소"는 이제 "창틈으로 들어오는 햇살 하나에/꽃은 흔들리고/나는 출렁이고/추억은 날개를"(「제라늄의 분홍미소 2」에서) 다는 형태로 상호관계를 이뤘다. 이래서 추억과 그리움을 매개하는 제라늄은 주요한 시적 벡터의 두 양상을 대변한다. 시는 한 편으로 돌아봄의 양식이고 다른 한편으로 외부의 사물로 다가가는 그리움의 양식이다. "꽃대의 목마름을 보고/사위어가는 생명을 일으키듯/잔뜩 흙을 고르다 허리를 펴고 짓는//그녀를 위해/계절 없이 종일 미소를 띠고 싶다"(「제라늄의 분홍미소 4」에서)라는 진술에서, 이끌리고 스미며 공명하고 공감하는 시인의 제라늄같이 붉은 마음을 만난다.

> 아파트 지붕 너머 산/봉우리가 생생하게 솟아 있다//산 쪽으로 갔다 왔다 지절지절/지저귀며 노는 새/새벽 끝에 들어오는 햇살을 당기고//베란다 씻기가 부드러운 바람의 쟁기질/꽃대가 길어 더 해맑은/분홍제라늄의 고개를 끄덕인다 //물뿌리개 주둥이를 적당히 수그려서/나를 디딤돌 삼아 사는/생명들의 재롱을 들어주고/엄살을 조련하여 시름을 놓는//이런 날 /종일 총명하여/세월의 덤이듯이 여러 책을 꺼내어 /청아한 세상의 목소리에 귀 담는다
>
> (「이런 날」 전문)

시인의 일상적 신체를 평정으로 이끄는 가운데에 '분홍 제라늄'이 있다. 적어도 시인이 견지한 생의 감각의 한 단면을 이 시는 보여준다. 물론 이러한 화해和諧의 지평이 항상일 수는 없다. '이런 날'이라 특정한 사실을 통해 알 수 있듯이 의식이 지향하는 바에 가깝다. 「행복한 동거」가 말하듯이 "서황금"과 동거하는 화자는 고통과 행복을 함께 공유한다. 「백일홍 나무」가 진술하는 바도 "연붉은 꽃"과의 만남으로 "오늘밤/낡지 않은 초록색깔 이불을 덮고/편안한 잠을" 청하게 되는 화해의 과정이다. 이러한 과정은 넓게는 생명현상으로 이해할 수 있다. 생명은 어떠한 상황에서도 포기할 수 없으며(「폭염을 향한 비난」에서), "뿌리가 튼튼한 나뭇가지"가 "틔우는 꽃망울"처럼 아름답고(「희망」에서) "형언할 수 없는 아우라"(「약속」에서)를 지닌다. 생명현상은 "사랑초의 꽃을 지나며" "바람이 숨"을 쉬듯이(「사랑초」에서) 만물을 화육하며 "사는 것은 죽음 끝에 있어서/죽음은 사는 끝에 있어서/딸기 맛은 계절 끝에 죽도록 살고 있다"는 역설이 말하듯이 삶과 죽음을 포용한다. 또한 이는 "작은 풀꽃"(「봄날」에서)의 섬세한 떨림으로부터 "천지 안의 공명"(「태풍」에서)에 이르기까지 감응하는 생동의 감각이다. "눈을 녹이고 온 뜨거움"(「봄비야」에서)이나 "원색으로 바뀌는/아침 바다"(「아침 바다」에서)나 "여명의 무늬 위에/소리를 붓질하는 바람 결"(「새 떼 속에 아침이 있다」에서)은 생명 감각이 섬세하게 포획한 이미지들이다. 자연 사물과 생활 세계를 전경과 후경에 두고서(「호젓이」에서) 시인은 "겸손한 맛"(「생각 하나」에서)으로 생의 한 가운데 산다. 삶은 살아감이며 더 큰 생명을 껴안고 내 안의 궁극을 묻는다.

무더위 가신 날/나뭇가지 끝은 한 풀 죽고/그림자마저 처져 있어/눈꺼풀을 올려야 했다/하늘은 한 폭 올라가 있고/산새의 날개는 가

닥가닥/날카로운 햇살에 베여/단풍을 입에 물고 있다 (「입추」 전문)

이와 같은 생의 감각은 또한 풍경을 대하는 마음의 현상학이다. 사물에 대한 '날카로운' 느낌은 실로 사랑의 다른 표현이다. 「상사화 그대」가 진술하듯이 상실과 향수를 동시에 품을 수밖에 없는 유한한 인간은 존재에 대한 슬픔을 지속한다. 추억을 좇고 풍경을 찾으며 안과 밖을 여닫는 수행을 통하여 마음의 궁극을 생각한다. "내 영혼"이나 "내 안에 사는" "천사"(「천사」에서)를 갈망하는 일이 이와 같은 마음의 시학이 추구하는 바와 같다. "풀잎 색채 속/추억의 근간을/영롱한 구슬로 꿰고 싶다"(「차」에서)라는 염원도 생명의 슬픔을 사랑의 화해로 이끌려는 의지의 표현이다.

시인은 추억을 소환하고 풍경과의 감응을 노래한다. 추억은 내 안의 풍경을 되찾는 행위이고 풍경은 내 마음이 가는 바의 감응을 표현하기 위함이다. 둘은 「부산 동구에서 만나는 고향」이 말하듯이 상관적이다. 시인이 품고 있는 "향수의 아우성"(「부산 동구에서 만나는 고향」에서)이 풍경의 발견을 추동한다. 통영이 고향인 박미정 시인에게 바다와 섬은 향수의 객관적 상관물로 자주 등장한다. 시인의 의식이 지향하는 대상들이기 때문이다. 멀리 제라늄 피는 '마드리드'가 있는가 하면 "감동의 성좌"를 그린 '하롱베이'(「하롱베이」에서)가 있다. "완도"는 「멋쩍은 여행」, 「길 위에 완도」, 「그날, 완도는」 등으로 다양하게 변주된다. "날씨에 따라 멋이 다른 완도"(「그날, 완도는」에서)를 그리고자 함이다. "한 눈에 마음을 예인한 섬"(「길 너머 간월도」에서)이 있고 마음속의 원형으로 자리한 섬(「연화도」에서)도 있다. 섬과 바다는 "너의 슬픔을 비켜서서/우울을 감지하고만 있던 나에게/함께 하는 아름다움을 깨닫게"(「서녘 바다」에서) 한다. 또한 바다는 "수시로 울컥대는/비바람을 건수하고 살아 온/저만치의 노경을 경배하는 마음"을 품게 하며 "바다로 살다 가신 어머니”(「저만치 꽃지섬」에서)를 환기한다.

> 바다의 비늘이 없다/비늘을 따라오던 웃음도 없다/이젠가 저젠가 돌아보던/어장 아비의 늙은 어머니의 기척도 사라졌다/어구는 삭아가는 형상을 숨기지 않고/바람이 스칠 때마다/녹슨 못을 빼내고 있다/스러져가는 습진 담벼락 아래/작은 꽃들이 삶을 얻고 있는 소리에/바다의 기억만 출렁거리는 어장 막/한낮엔 양철지붕 위에다 볕바른 햇살을 꽂고/바람의 비늘을 치고 있다 (「빈 집, 어장 막」 전문)

물론 시인이 바다를 마냥 경배하고 찬양하는 것은 아니다. 퇴락한 풍경을 만나 아픈 마음을 표현한다. 하지만 폐허에도 푸른 빛이 되살아나고 어딘가에 반딧불이가 생존하고 있듯이 “작은 꽃들이 삶을 얻고 있는 소리”가 생성의 기운이 되고 있다. 이처럼 시인은 풍경과 감응하면서 긍정의 빛을 찾는다. 이는 산의 풍경도 예외가 아니다. “굽이굽이 물결치는/단풍의 응원 속에/평지의 포옹은 새 삶인 듯 파안대소”(「백양산에서」에서)라고 산을 노래한다. 시인은 말한다. “그것이 무엇이라도 좋다/살려고 하는 것이라면.”(「산으로부터 알림장」에서) 그래서 그는 산복도로에서 “출렁대는 삶”(「영도의 길, 산복도로」에서)을 보고 항구의 밤에서 “그리움 아닌 것이 어디 있으랴”(「부산항구의 밤」에서)라는 말을 거듭한다. 이처럼 박미정 시인은 생명을 지닌 모든 사물에 대한 그리움과 사랑을 품는다. 민활한 생의 감각으로 그윽한 풍경의 마음에 당도한다. 자아를 넘어서 순수한 영혼의 삶을 궁구하는 그의 시는 구체적인 삶과 함께하는 생의 활기이다. 마음속의 천사를 찾아서 아이의 순수한 마음을 닮으려 하는 까닭이 여기에 있다. 생명의 근원을 환기하는 마음의 시학이 더욱 깊어지기를 기대한다.